TABLEAUX

ANCIENS

FORMANT LA COLLECTION DE

M. le Chevalier de NORDEGG,
de Prague.

Exposition publique le Mardi 11 Juin 1867

M.° CHARLES PILLET,
COMMISSAIRE-PRISEUR

M. DHIOS,
EXPERT

1867

EXEMPLAIRE DE DHIOS

CATALOGUE

DE

TABLEAUX ANCIENS

DES ÉCOLES

allemande, flamande, hollandaise et italienne

FORMANT LA COLLECTION

de M. le chevalier de NORDEGG, de Prague

DONT LA VENTE AUX ENCHÈRES PUBLIQUES AURA LIEU

HOTEL DROUOT, Salle N° 3

Les Mercredi 12 et Jeudi 13 Juin 1867

A DEUX HEURES PRÉCISES

Par le ministère de Mᵉ **Charles PILLET**, Commissaire-Priseur,
11, rue de Choiseul,

Assisté de M. **DHIOS**, Expert, rue Lepelletier, 33,

Chez lesquels se trouve le Catalogue.

EXPOSITION PUBLIQUE

Le Mardi 11 Juin 1867, de une heure à cinq heures.

CONDITIONS DE LA VENTE

Elle sera faite au comptant.

Les adjudicataires payeront *cinq pour cent* en sus des enchères.

L'exposition mettant le public à même de se rendre compte de l'état des objets, il ne sera admis aucune réclamation une fois l'adjudication prononcée.

Paris. — Imp Pillet fils aîné, rue des Grands-Augustins, 5.

TABLEAUX

ÉCOLE ALLEMANDE.

1 — La Diseuse de bonne aventure.

ÉCOLE ALLEMANDE.

2 — Portrait d'une religieuse.

ÉCOLE ALLEMANDE.

3 — Patineurs sur un canal.

ÉCOLE ALLEMANDE.

4-5 — Deux portraits.

ÉCOLE ALLEMANDE.

6 — Tête d'une femme.

ÉCOLE ALLEMANDE.

7 — Port de mer italien.

ANGERMEYER, 1740, à Prague.

8-9 — Oiseaux au milieu d'un paysage.

Deux pendants.

ANGERMEYER, de Prague.

10 — Canards effrayés par un oiseau de proie.

ANGERMEYER.

11-12 — Oiseaux sur un tronc d'arbre.

Deux pendants.

ÉCOLE ANGLAISE.

13 — Le Triomphe de l'Amour.

AUBRY.

14 — Portrait d'enfant.

AXTMANN, signé.

15-16 — Sujets de chasse.

Deux pendants.

Van BAALEN et BREUGHEL.

17 — Le Jugement de Mydas.

Gracieuse composition.

BASSANO (Jacques).

18 — L'Adoration des bergers.

BASSAN (Leandro).

19 — Scène rustique.

BOURGIGNON,

20-21 — Choc de cavalerie.

Deux pendants.

BOUT.

22 — Vue de ville avec grand nombre de figures.

BOUT et BOUDWINS.

23-24 — Paysage orné de figures.

Deux pendants d'une belle qualité.

BOUT et BOUDWINS.

25-26 — Bords d'une rivière animés d'un grand nombre de personnages.

Deux pendants.

BRAND.

27-28 — Deux paysages. Sites boisés avec ponts rustiques et figures.

BRAND (J. C.)

29 — Marine.

BRAND le jeune.

30 — Paysage en forme de dessus de porte.

BREDAEL.

31-32 — Halte de cavaliers et port d'embarquement.

Deux pendants.

BREUGHEL (Ambroise).

33 — Bouquet de fleurs dans un vase.

BREUGHEL de Velours.

34 — La Prédication de saint Jean.

Tableau très-fin et de la meilleure qualité du maître.

BREUGHEL DE VELOURS.

35-36 — Deux petits paysages, ornés de figures.

BREYDEL.

37 — Repas de villageois.

BRINKMANN (P. H.).

38-39 — Deux charmants petits paysages avec figures. —

CALLOT (Jaques).

40 — Une foire.

CANALETTO.

41 — Intérieur d'un palais.

CANTONE.

42-43 — Intérieurs de parc, avec figures.

Deux pendants.

CANTONE.

44-45 — L'Arracheur de dents et le marchand d'orviétan.

Deux pendants.

COYPEL.

46 — La Prédication de saint-Jean.

Tableau important.

COYPEL (Genre de).

47 — Hippoméne et Attalante.

CREPU, peintre suisse.

48 — Corbeille de Fleurs.

CUYLENBURG.

49 — Diane découvrant la grossesse de Calisto.

DIETRICH.

50 — Agar renvoyée par Abraham.

DIETRICH.

51-52 — Repos des bergers.

Deux pendants.

DIETRICH.

53 — Baigneuse surprise par un Satyre.

DIETRICH.

54 55 — Scènes familières.

Deux pendants.

DUGHET (Guaspre).

56-57 — Paysages historiques.

Deux pendants.

DUGHET (Guaspre).

58 — Paysage montagneux.

VAN DYCK (École de).

59 — Portrait d'une dame de distinction.

ELZHEIMER.

60 — Le bon Samaritain.

ELZHEIMER.

61 — L'Adoration des bergers.

ERMELS.

62-63 — Paysages avec chasseurs.

Deux pendants.

ÉCOLE ESPAGNOLE.

64 — Buste d'homme.

EVERDINGEN (Albert van).

65 — Paysage montagneux, avec chute d'eau. Signé *A. Ever
dingen.*

FERG (François de Paule).

66-67 — Ports d'embarquement à l'entrée d'une ville.

Ces deux compositions forment pendants et sont de la plus belle qualité du maître.

Cuivre. Haut., 36 cent.; larg., 42 cent.

FERG (François de Paule).

68-69 — Le Passage du bac.

Deux gracieuses compositions animées d'un grand nombre de figures.

FERG (F. P.).

70 — Vue d'un château en Moravie, avec figures. ———

FERG (F. P.).

71-72 — Villageois près d'une fontaine.

Deux pendants. ———

ÉCOLE FLAMANDE.

73 — Sujet mythologique. ———

ÉCOLE FLAMANDE.

74-75 — Deux allégories sur les Beaux-Arts.

ÉCOLE FLAMANDE (monogr. : *A W*)

76 — Buste de la Madeleine.

ÉCOLE FLAMANDE.

77 — Petit portrait d'homme. Ovale.

ÉCOLE FRANÇAISE.

78 — Flore et Zéphyr.

ÉCOLE FRANÇAISE.

79 — Daphnis et Chloé.

ÉCOLE FRANÇAISE.

80 — Scène de Déluge.

ÉCOLE FRANÇAISE.

81 — Chute d'eau.

FRANCK.

82 — Adoration des Mages.

FYT (attribué à).

83-84 — Lièvres et gibier mort.

Deux pendants.

GRAF (Hans), né à Vienne, 1680.

85 — Fête champêtre.

Composition animée d'un grand nombre de figures.

GRAF (Hans).

86 — Vue d'un village avec figures.

GRAF (Hans).

87 — Les Misères de la guerre.

GRA... (Daniel). Vienne, 1757.

88 — Jésus guérissant les malades.

GRUND (Norbert), né en 1714. † 1767, Prague.

89-90 — Scènes de kermesse.

Deux pendants. Ces compositions sont les plus impor-
tantes et les plus riches qui existent de ce maître
gracieux.

Bois. Haut., 34 cent.; larg., 53 cent.

GRUND.

91-92 — Deux sujets mythologiques.

Gracieuses compositions.

GRUND.

93 — Intérieur d'une galerie de tableaux.

GRUND

94-95 — Hérodiade et David.

Deux pendants.

GRUND (Norbert).

96 — Intérieur d'un bois avec bergers.

GRUND.

97 — Saint Hubert au milieu d'un paysage.

GRUND.

98-99 — Bacchantes et Satyres.

Deux pendants.

GRUND.

100-101 — L'Ange et Tobie; — Agar dans le désert.

Deux pendants.

GRUND.

102-103 — L'Enlèvement d'Europe; — Vénus et l'Amour.

Deux pendants.

GRUND (Norbert).

104 — Sujet galant.

GRUND.

105-106 — Deux paysages avec figures.

GRUND.

107-108 — Jonas et la baleine.

Deux pendants.

GRUND.

109-110 — Bords de rivière.

Deux pendants.

GRUND.

111-112 — Deux paysages avec figures.

GRUND.

113-114 — Scènes de combat.

Deux pendants.

GRUND (Norbert).

115 — La Promenade.

GRUND.

116 — Patineurs.

GRUND.

117 — Petite marine.

GRUND.

118-119 — Deux petits paysages.

GRUND.

120 — Une Baigneuse.

GRUND.

121 — Nymphe poursuivie par un satyre.

GRUND.

122 — Sainte Milade avec une petite fille.

GRUND (NORBERT).

123 — Les Pèlerins.

GRIFF, signé.

124-125 — Gibier, fruits et ustensiles de cuisine.
Deux pendants.

HACKERT (PHILIPPE).

126 — Paysage avec bergers et animaux.

HAMILTON (F. PH.)

127-128 — Plantes, reptiles et papillons.
Deux tableaux très-fins formant pendants.

HARTMANN, 1780, Prague

129-130 — Vue des bords du Rhin.
Deux pendants.

HARTMANN.

131 — Intérieur d'un bois avec figures.

HARTMANN.

132 — Repos de chasseurs. Entrée d'un bois.

HE·M (CORNEILLE DE).

133 — Puits.

HEINZ.

134 — Diane et ses Nymphes surprises par Actéon.

Tableau gravé.

HELMBRECKER (THÉODORE).

135-136 — Fêtes villageoises.

Deux pendants.

HINZ (GEORGE).

137 — Nature morte.

HOËT. (Genre de GÉRARD).

138 — La Toilette de Vénus.

HOGARTH (attribué à).

139 — L'Accouchée.

ÉCOLE HOLLANDAISE.

140 — Étude de Femme.

ECOLE HOLLANDAISE.

141 — Vue d'un Château au bord d'une rivière.

ÉCOLE HOLLANDAISE.

142 — Étude de Faisan.

ECOLE HOLLANDAISE.

143 — La Leçon de Danse.

HONTHORST.

144 — Une Orgie.

HUGTENBURG.

145-146 — Deux Paysages avec marche d'armée. Costumes
Louis XIV.

HUYSMANNS DE MALINE.

147 — Paysage boisé orné de figures.

JANNECK (François-Christophe), à Vienne, † 1761.

148.La Vierge avec l'Enfant Jésus entourée des Saints. Très-
riche composition de la plus belle qualité du maître.

Cuivre. Haut.. 57 cent.; larg. 43 cent.

JANNECK.

149 — Sainte Famille,

ÉCOLE ITALIENNE.

150 Le Mont Sinaï.

Riche composition d'une belle couleur.

ÉCOLE ITALIENNE.

151 — Portrait d'une jeune femme, tenant un verre à la main.

ÉCOLE ITALIENNE.

152 — Massacre des innocents.

ÉCOLE ITALIENNE.

153 — Buste d'une jeune femme.

ÉCOLE ITALIENNE.

154 — Enlèvement des Sabines.

ÉCOLE ITALIENNE.

155 — Bal masqué dans l'intérieur d'un palais.

ECOLE ITALIENNE

156 — Samson et Dalila.

ÉCOLE ITALIENNE.

157 — Sainte Famille.

JONGE (Mares de). Signé.

158 — Bataille. Composition importante.

JONGE (M. de).

159-160 — Petites batailles.
Deux pendants.

KADLIK, † à Rome.

161 — Allégorie de la guerre.

KAUFFMANN (Angelica).

162-163 — La Peinture et la Musique, allégories.
Deux pendants.

KESSEL (Van).

164-165 — Oiseaux aquatiques et autres.
Deux pendants.

KOERNE.

166-167 — Deux sujets religieux. Gracieuses compositions
animées d'un grand nombre de figures.

LAAR (P. Van).

168 — Port de mer.

LAMBRECHT.

169-170 — Intérieur de famille.

Deux pendants.

LAMPI (Jean-Bapt.-Chevalier de), né en 1751 et mort en 1827, à Vienne.

171 — Portrait du célèbre compositeur Haydn.

Tableau d'un grand intérêt historique.

LE BRUN (École de).

172 — Le Christ sur la croix.

LEUCHER.

173 — Vénus et l'Amour.

LINGELBACH (Jean).

174 — Port d'embarquement.

LOCATELLI.

175 — Paysage avec figures.

LONGHI (Pierre).

176-177 — Le Message d'amour et la Lecture.

Deux gracieuses compositions dans le goût de Chardin.

DE LUS (signé).

178 — Fleurs dans un vase.

MEER (Jean van der).

179 — Vue d'une ville maritime animée de figures.

MENGS (Raphael).

180 — Buste de Diane.

MENGS (Raphael).

181-182 — Marie-Thérèse et l'empereur François I.
Deux pendants.

MENGS (Raphael).

183 — Portrait d'un maréchal de Saxe. — Pastel.

Van der MEULEN, signé et daté.

184 — Louis XIV dans les tranchées de Douai.

MICHAU.

185 — Paysage avec chariot et nombreuses figures.

MIEL (genre de Jean).

186 — Villageois attablés.

MIREVELT (attribué à).

187 — Portrait de femme.

MOLENAER.

188 — Musico hollandais avec danse de villageois.

MOMPER.

189 — Paysage montagneux orné de figures.

MOMPER.

190-191 — Deux paysages avec figures.

NEER (École de VAN DER).

192 — Clair de lune.

NETSCHER (École de).

193 — Portrait de dame.

ORIENT (Joseph). † 1737, Vienne.

194-195 — Deux paysages boisés.

ORIENT.

196 — Château près d'une rivière.

ORIZONTE.

197 — Paysage italien.

OSTADE (Adrien).

198 — Paysan sur l'appui d'une fenêtre.

OSTADE (attribué à Isaac van).

199 — Intérieur hollandais.

OSTADE, genre.

200 — Intérieur de famille.
Tableau d'une grande finesse d'exécution.

OVITTEL (Georg).

201 — Kermesse flamande.

PALMA (Vecchio).

202 — Portrait d'une dame vénitienne avec son enfant.

PANINI.

203 — Palais avec personnages.

PATEL (A. Pierre).

204-205 — Paysages avec architecture.
Deux pendants.

PETERS (Bonaventure).

206-207 — Marine.

PFEILER (Max). † 1750. Rome.

208-209 — Deux bouquets de fleurs.

POEL (Van der).

240 — Incendie de village.

POELEMBURG.

211 — Danaë.

PROHASRA.

212-213 — Deux paysages ornés de figures.

QUARTAL.

214 — Le Retour de chasse.

QUERFURT (A.)

215-216 — Scènes militaires.
Deux pendants.

QUERFURT.

217-218 — Sujets de chasse.
Deux pendants.

RICCI, dit BRUSA SORCI.

219-220 — La Madelaine en prière et saint François. — Peintures sur marbre.

Deux pendants.

ROMAIN (W).

221 — Animaux au repos.

ROOS, de Francfort.

222 — Bergère gardant des bestiaux.

ROSA (Salvator).

223 — Le Repos des mendiants.

ROTTENHAMER.

224 — Sujet allégorique.

RUBENS (attribué à).

225 — L'Arrestation de Samson. — Esquisse.

RUGENDAS.

226-227 — Scènes militaires.

Deux pendants.

RUISCH (Rachel).

228-229 — Bouquets de fleurs.

Deux pendants.

SANTERRE (signé).

230 — Une Femme cachetant une lettre.

SCHINAGL.

231-232 — L'Automne et l'Hiver.

Deux pendants.

SCHINAGL.

233-234 — Deux petits paysages.

SOLIMÈNE (François).

235 — Apothéose de saint Louis et de saint Antoine de
Padoue.

SPRANGER.

236 — Allégorie religieuse.

STEEN (École de Jean).

236 bis-237 — Scènes de famille.

Deux pendants.

STOEKLIN, de Francfort.

238 — Intérieur d'église.

TAMM (Werner). 1780, † à Vienne.

239 — Lièvre mort.

TAMM (Werner).

240 — Fruits.

TIEPOLO.

241 — Vénus et Adonis, Motif de plafond.

TIEPOLO (Genre de).

242 — Enlèvement d'Europe.

THIELE, de Dresde.

243-244 — Deux paysages. Effet de matin et effet de soir. Les figures sont peintes par Ferg.

TITIEN (d'après).

245 — Le Denier de César.

Peinture sur porcelaine.

VAN TOLL.

246 — La Récureuse.

Tableau très-fin.

TOORENVLIET (Genre de).

247-248 — La Dentellière et le Bibliophile.
Deux pendants.

VALKENBURG.

249 — Paysage; sur le premier plan la Madeleine en prière.

ÉCOLE VÉNITIENNE.

250-251 — Saint Laurent et saint Michel.
Deux pendants.

VERBOOM.

252 — Paysage avec étang.

VERKOLIÉ.

253 — Portrait d'homme.

VERKOLIÉ (Genre de.)

254 — La Joueuse de guitare.

VERONESE (Genre de.)

X 255 — Allégorie. Pastiche.

VINKENBOOM.

256 — Paysage boisé.

VAN VLIET.

X 257 — Intérieur d'Église.

VLIET (Signé).

X 258 — Portrait d'homme.

VOLLERDT.

259-260 — Paysages avec moulins.
    Deux pendants.

WOUTERS.

X 261-262 — Sujets allégoriques.
    Deux pendants.

WOUTERS.

263-264 — Sujets mythologiques.

Deux pendants.

WOUWERMANS (Pierre).

265 — Le Pot au lait.

WUCZER.

266 — Troupeau de chèvres et de moutons.

WUCZER.

267 — Troupeau de bestiaux.

MIGNARD.

268 — Portrait de la comtesse de Grignan, fille de madame de Sévigné.

YONCK.

269 — Nature morte.

MIRE ISO N° 1
NF Z 43-007
AFNOR
Cedex 7 - 92080 PARIS-LA-DÉFENSE

graphicom

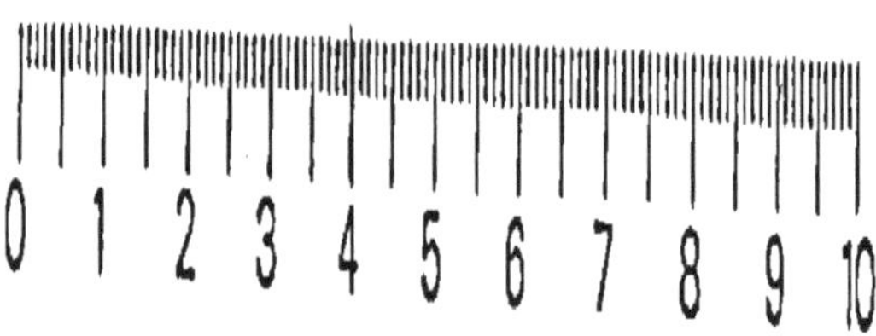

BIBLIOTHEQUE NATIONALE DE FRANCE

****

CHATEAU DE SABLE

1995

9 782329 312453